AF186375

Tucholsky Wagner Zola Scott Sydow Freud Schlegel
Turgenev Wallace Fonatne
Twain Walther von der Vogelweide Fouqué Friedrich II. von Preußen
Weber Freiligrath
Fechner Weiße Rose Kant Ernst Frey
Fichte von Fallersleben Richthofen Frommel
Hölderlin
Fehrs Engels Fielding Eichendorff Tacitus Dumas
Faber Flaubert Eliasberg Ebner Eschenbach
Feuerbach Maximilian I. von Habsburg Fock Zweig
Ewald Eliot Vergil
Goethe Elisabeth von Österreich London
Mendelssohn Balzac Shakespeare Rathenau Dostojewski Ganghofer
Lichtenberg Doyle Gjellerup
Trackl Stevenson Tolstoi Hambruch
Mommsen Thoma Lenz Hanrieder Droste-Hülshoff
Dach Verne von Arnim Hägele Hauff Humboldt
Karrillon Reuter Rousseau Hagen Hauptmann Gautier
Garschin
Damaschke Defoe Hebbel Baudelaire
Descartes
Hegel Kussmaul Herder
Wolfram von Eschenbach Schopenhauer
Bronner Darwin Dickens Rilke George
Melville Grimm Jerome
Campe Horváth Aristoteles Bebel Proust
Bismarck Vigny Voltaire Federer Herodot
Barlach
Heine
Storm Casanova Tersteegen Grillparzer Georgy
Chamberlain Lessing Langbein Gilm Gryphius
Brentano Lafontaine
Strachwitz Claudius Schiller Schilling Kralik Iffland Sokrates
Bellamy
Katharina II. von Rußland Gerstäcker Raabe Gibbon Tschechow
Löns Hesse Hoffmann Gogol Wilde Vulpius
Luther Heym Hofmannsthal Gleim
Klee Hölty Morgenstern
Roth Heyse Klopstock Goedicke
Luxemburg Puschkin Homer Kleist
La Roche Mörike Musil
Machiavelli Hóraz
Navarra Aurel Musset Kierkegaard Kraft Kraus
Lamprecht Kind Moltke
Nestroy Marie de France Kirchhoff Hugo
Laotse Ipsen Liebknecht
Nietzsche Nansen Ringelnatz
Marx Lassalle Gorki Klett Leibniz
von Ossietzky May Irving
vom Stein Lawrence
Petalozzi Knigge
Platon Kock Kafka
Sachs Pückler Michelangelo
Poe Liebermann Korolenko
de Sade Praetorius Mistral Zetkin

Der Verlag tredition aus Hamburg veröffentlicht in der Reihe **TREDITION CLASSICS** Werke aus mehr als zwei Jahrtausenden. Diese waren zu einem Großteil vergriffen oder nur noch antiquarisch erhältlich.

Symbolfigur für **TREDITION CLASSICS** ist Johannes Gutenberg (1400 — 1468), der Erfinder des Buchdrucks mit Metalllettern und der Druckerpresse.

Mit der Buchreihe **TREDITION CLASSICS** verfolgt tredition das Ziel, tausende Klassiker der Weltliteratur verschiedener Sprachen wieder als gedruckte Bücher aufzulegen – und das weltweit!

Die Buchreihe dient zur Bewahrung der Literatur und Förderung der Kultur. Sie trägt so dazu bei, dass viele tausend Werke nicht in Vergessenheit geraten.

Gedichte II

Georg Heym

Impressum

Autor: Georg Heym
Umschlagkonzept: toepferschumann, Berlin

Verlag: tradition GmbH, Hamburg
ISBN: 978-3-8495-3037-2
Printed in Germany

Ziel der TREDITION CLASSICS ist es, tausende deutsch- und
fremdsprachige Klassiker wieder in Buchform verfügbar zu
machen. Die Werke wurden eingescannt und digitalisiert. Dadurch
können etwaige Fehler nicht komplett ausgeschlossen werden.
Unsere Kooperationspartner und wir von tredition versuchen, die
Werke bestmöglich zu bearbeiten. Sollten Sie trotzdem einen Fehler
finden, bitten wir diesen zu entschuldigen. Die Rechtschreibung der
Originalausgabe wurde unverändert übernommen. Daher können
sich hinsichtlich der Schreibweise Widersprüche zu der heutigen
Rechtschreibung ergeben.

Die Züge

Rauchwolken, rosa, wie ein Frühlingstag,
Die schnell der Züge schwarze Lunge stößt,
Ziehn auf dem Strom hinab, der riesig flößt
Eisschollen breit mit Stoß und lautem Schlag.

Der weite Wintertag der Niederung
Glänzt fern wie Feuer rot und Gold-Kristall
Auf Schnee und Ebenen, wo der Feuerball
Der Sonne sinkt auf Wald und Dämmerung.

Die Züge donnern auf dem Meilendamme,
Der in die Wälder rennt, des Tages Schweif.
Ihr Rauch steigt auf wie eine Feuerflamme,

Die hoch im Licht des Ostwinds Schnabel zaust,
Der, goldgefiedert, wie ein starker Greif,
Mit breiter Brust hinab gen Abend braust.

Styx

I

Die Nebel graun, die keinem Winde weichen.
Die giftigen Dünste schwängern weit das Tal.
Ein blasses Licht scheint in der Toten Reichen,
Wie eines Totenkopfes Auge fahl.

Entsetzlich wälzt sich hin der Phlegeton.
Wie tausend Niagaras hallt sein Brüllen.
Die Klüfte wanken von den Schreien schon,
Die im Orkan die Feuerfluten füllen.

Sie glühn von Qualen weiß. Wie Steine rollen
Den Fluß herab sie in der trüben Glut,
Wie des geborstenen Eises Riesenschollen
So schmettert ihre Leiber hin die Flut.

Sie reiten aufeinander nackt und wild,
Von Zorn und Wollust aufgebläht wie Schwämme.
Ein höllischer Choral im Takte schwillt
Vom Grunde auf bis zu dem Kamm der Dämme.

Auf einem fetten Greise rittlings reitet
Ein nacktes Weib mit schwarzem Flatterhaar.
Und ihren Schoß und ihre Brüste breitet
Sie lüstern aus vor der Verdammten Schar.

Da brüllt der Chor in aufgepeitschter Lust.
Das Echo rollt im roten Katarakt.
Ein riesiger Neger steigt herauf und packt
Den weißen Leib an seine schwarze Brust.

Unzählige Augen sehn den Kampf und trinken
Den Rausch der Gier. Er braust durch das Gewühl,
Da in dem Strom die Liebenden versinken,
Den Göttern gleich im heißen Purpurpfuhl.

II

Des Himmels ewiger Schläfrigkeit entflohen,
Den Spinneweben, die der Cherubim
Erhobene Nasen schon wie Efeu decken,
Dem milden Frieden, der wie Öl so fett,
Ein Bettler, lungert in den Ecken faul,
Dem Tabaksdunst aus den Pastorenpfeifen,
Der Trinität, die bei den Lobgesängen
Von alten Tanten auf dem Sofa schläft,
Dem ganzen großen Armenhospital,
-- Verdammten selbst wir uns und kamen her
Auf dieser Insel weite Ödigkeit,
Die wie ein Bootskiel in den Wellen steht,
Um bis zum Ende aller Ewigkeit
Dem ungeheuren Strome zuzuschaun.

Wolken

Der Toten Geister seid ihr, die zum Flusse,
Zum überladnen Kahn der Wesenlosen
Der Bote führt. Euer Rufen hallt im Tosen
Des Sturms und in des Regens wildem Gusse.

Des Todes Banner wird im Zug getragen.
Des Heers carroccio führt die Wappentiere.
Und graunhaft weiß erglänzen die Paniere,
Die mit dem Saum die Horizonte schlagen.

Es nahen Mönche, die in Händen bergen
Die Totenlichter in den Prozessionen.
Auf Toter Schultern morsche Särge thronen.
Und Tote sitzen aufrecht in den Särgen.

Ertrunkene kommen. Ungeborner Leichen.
Gehenkte blaugeschnürt. Die Hungers starben
Auf Meeres fernen Inseln. Denen Narben
Des schwarzen Todes umkränzen rings die Weichen.

Es kommen Kinder in dem Zug der Toten,
Die eilend fliehn. Gelähmte vorwärts hasten.
Der Blinden Stäbe nach dem Pfade tasten.
Die Schatten folgen schreiend dem stummen Boten.

Wie sich in Windes Maul des Laubes Tanz
Hindreht, wie Eulen auf dem schwarzen Flug,
So wälzt sich schnell der ungeheure Zug,
Rot überstrahlt von großer Fackeln Glanz.

Auf Schädeln trommeln laut die Musikanten,
Und wie die weißen Segel blähn und knattern,
So blähn der Spieler Hemden sich und flattern.
Es fallen ein im Chore die Verbannten.

Das Lied braust machtvoll hin in seiner Qual,
Vor der die Herzen durch die Rippen glimmen.
Da kommt ein Haufe mit verwesten Stimmen,
Draus ragt ein hohes Kreuz zum Himmel fahl.

Der Kruzifixus ward einhergetragen.
Da hob der Sturm sich in der Toten Volke.
Vom Meere scholl und aus dem Schoß der Wolke
Ein nimmer endend grauenvolles Klagen.

Es wurde dunkel in den grauen Lüften.
Es kam der Tod mit ungeheuren Schwingen.
Es wurde Nacht, da noch die Wolken gingen
Dem Orkus zu, den ungeheuren Grüften.

Gruft (I)

Die in der großen Gruft des Todes ruhen,
Wie schlafen sie so stumm im hohlen Sarg.
Des Todes Auge schaut auf stumme Truhen
Aus schwarzem Marmorhaupte hohl und karg.

Sein dunkler Mantel starrt von Staub und Spinnen.
Vor alters schlössen sie der Toten Gruft.
Vergessen wohnen sie. Die Jahre rinnen
Ein unbewegter Strom in dumpfer Luft.

Nach Weihrauch duftet es und morschen Kränzen,
Von trocknen Salben ist die Luft beschwert.
Und in geborstnen Särgen schwimmt das Glänzen
Der Totenkleider, dran Verwesung zehrt.

Aus einer Fuge hängt die schmale Hand
Von einem Kind, wie Wachs so weiß und kalt,
Die, balsamiert, sich um das Sammetband
Der schon in Staub zerfallnen Blumen krallt.

Durch kleine Fenster hoch im Dunkel oben
Verirrt sich gelb des Winterabends Schein.
Sein schmales Band, mit blassem Staub verwoben,
Ruht auf der Sarkophage grauem Stein.

Der Wind zerschlägt ein Fenster. Aus den Händen
Nimmt er der Toten dürre Kränze fort
Und treibt sie vor sich hin an hohen Wänden,
In ewigen Schatten weit und dunklen Ort.

Die Heimat der Toten

I

Der Wintermorgen dämmert spät herauf.
Sein gelber Turban hebt sich auf den Rand
Durch dünne Pappeln, die im schnellen Lauf
Vor seinem Haupte ziehn ein schwarzes Band.

Das Rohr der Seen saust. Der Winde Pfad
Durchwühlt es mit dem ersten Lichte grell.
Der Nordsturm steht im Feld wie ein Soldat
Und wirbelt laut auf seinem Trommelfell.

Ein Knochenarm schwingt eine Glocke laut.
Die Straße kommt der Tod, der Schifferknecht.
Um seine gelben Pferdezähne staut
Des weißen Bartes spärliches Geflecht.

Ein altes totes Weib mit starkem Bauch,
Das einen kleinen Kinderleichnam trägt.
Er zieht die Brust wie einen Gummischlauch,
Die ohne Milch und welk herunterschlägt.

Ein paar Geköpfte, die vom kalten Stein
Im Dunkel er aus ihren Ketten las.
Den Kopf im Arm. Im Eis den Morgenschein,
Das ihren Hals befror mit rotem Glas.

Durch klaren Morgen und den Wintertag
Mit seiner Bläue, wo wie Rosenduft
Von gelben Rosen, über Feld und Hag
Die Sonne wiegt in träumerischer Luft.

Des goldenen Tages Brücke spannt sich weit
Und tönt wie einer großen Leier Ton.
Die Pappeln rauschen mit dem Trauerkleid
Die Straße fort, wo weit der Abend schon

Mit Silberbächen überschwemmt das Land,
Und grenzenlos die ferne Weite brennt.
Die Dämmerung steigt wie ein dunkler Brand
Den Zug entlang, der in die Himmel rennt.

Ein Totenhain, und Lorbeer, Baum an Baum,
Wie grüne Flammen, die der Wind bewegt.
Sie flackern riesig in den Himmelsraum,
Wo schon ein blasser Stern die Flügel schlägt.

Wie große Gänse auf dem Säulenschaft
Sitzt der Vampire Volk und friert im Frost.
Sie prüfen ihrer Eisenkrallen Kraft
Und ihre Schnäbel an der Kreuze Rost.

Der Efeu grüßt die Toten an dem Tor,
Die bunten Kränze winken von der Wand.
Der Tod schließt auf. Sie treten schüchtern vor,
Verlegen drehend die Köpfe in der Hand.

Der Tod tritt an ein Grab und bläst hinein.
Da fliegen Schädel aus der Erde Schoß
Wie große Wolken aus dem Leichenschrein,
Die Barte tragen rund von grünem Moos.

Ein alter Schädel flattert aus der Gruft,
Mit einem feuerroten Haar beschwingt,
Das um sein Kinn, hoch oben in der Luft,
Der Wind zu feuriger Krawatte schlingt.

Die leere Grube lacht aus schwarzem Mund
Sie freundlich an. Die Leichen fallen um
Und stürzen in den aufgerissenen Schlund.
Des Grabes Platte überschließt sie stumm.

II

Die Lider übereist, das Ohr verstopft
Vom Staub der Jahre, ruht ihr eure Zeit.
Nur manchmal ruft euch noch ein Traum, der klopft
Von fern an eure tote Ewigkeit,

In einem Himmel, der wie Schnee so fahl
Und von dem Zug der Jahre schon versteint.
Auf eurem eingefallenen Totenmal
Wird eine Lilie stehn, die euch beweint.

Der Märznacht Sturm wird euren Schlaf betaun.
Der große Mond, der in dem Osten dampft,
Wird tief in eure leeren Augen schaun,
Darin ein großer, weißer Wurm sich krampft.

So schlaft ihr fort, vom Flötenspiel gewiegt
Der Einsamkeit, im späten Weltentod,
Da über euch ein großer Vogel fliegt
Mit schwarzem Flug ins gelbe Abendrot.

Der fliegende Holländer

I

Wie Feuerregen füllt den Ozean
Der schwarze Gram. Die großen Wogen türmt
Der Südwind auf, der in die Segel stürmt,
Die schwarz und riesig flattern im Orkan.

Ein Vogel fliegt voraus. Sein langes Haar
Sträubt von den Winden um das Haupt ihm groß.
Der Wasser Dunkelheit, die meilenlos,
Umarmt er riesig mit dem Schwingenpaar.

Vorbei an China, wo das gelbe Meer
Die Drachendschunken vor den Städten wiegt,
Wo Feuerwerk die Himmel überfliegt
Und Trommeln schlagen um die Tempel her.

Der Regen jagt, der spärlich niedertropft
Auf seinen Mantel, der im Sturme bläht.
Im Mast, der hinter seinem Rücken steht,
Hört er die Totenuhr, die ruhlos klopft.

Die Larve einer toten Ewigkeit
Hat sein Gesicht mit Leere übereist.
Dürr, wie ein Wald, durch den ein Feuer reist.
Wie trüber Staub umflackert es die Zeit.

Die Jahre graben sich der Stirne ein,
Die wie ein alter Baum die Borke trägt.
Sein weißes Haar, das Wintersturmwind fegt,
Steht wie ein Feuer um der Schläfen Stein.

Die Schiffer an den Rudern sind verdorrt,
Als Mumien schlafen sie auf ihrer Bank.
Und ihre Hände sind wie Wurzeln lang
Hereingewachsen in den morschen Bord.

Ihr Schifferzopf wand sich wie ein Barett
Um ihren Kopf herum, der schwankt im Wind.
Und auf den Hälsen, die wie Röhren sind,
Hängt jedem noch ein großes Amulett.

Er ruft sie an, sie hören nimmermehr.
Der Herbst hat Moos in ihrem Ohr gepflanzt,
Das grünlich hängt und in dem Winde tanzt
Um ihre welken Backen hin und her.

II

Dich grüßt der Dichter, düsteres Phantom,
Den durch die Nacht der Liebe Schatten führt,
Im unterirdisch Ungeheuern Dom,
Wo schwarzer Sturm die Kirchenlampe schürt,

Die lautlos flackert, ein zerstörtes Herz,
Von Qual durchlöchert, und die Trauer krankt
Im Tode noch in seinem schwarzen Erz.
An langen Ketten zittert es und schwankt.

Sein roter Schein flammt über Gräber hin.
An dem Altare kniet ein Ministrant,
Zwei Dolche in der offnen Brust. Darin
Noch schwelt und steigt trostloser Liebe Brand.

Durch schwarze Stollen flattert das Gespenst.
Er folgt ihm blind, wo schwarze Schatten fliehn,
Den Mond an seiner Stirn, der trübe glänzt,
Und Stimmen hört er, die vorüberziehn

Im hohlen Grund, der von den Qualen schwillt,
Mit dumpfem Laut. Ein ferner Wasserfall
Pocht an der Wand, und bittre Trauer füllt
Wie ein Orkan der langen Treppen Fall.

Fern kommt ein Zug von Fackeln durch ein Tor,
Ein Sarg, der auf der Träger Schultern bebt
Und langsam durch den langen Korridor
In trauriger Musik vorüberschwebt.

Wer ruht darin? Wer starb? Der matte Ton
Der Flöten wandert durch die Gänge fort.
Ein dunkles Echo ruft er noch, wo schon
Die Stille hockt an dem versunknen Ort.

Das Grau der Mitternacht wird kaum bedeckt
Von einer gelben Kerze, und es saust
Der Wind die Gänge fort, der bellend schreckt
Den Staub der Grüfte auf, der unten haust.

Maßlose Traurigkeit. In Nacht allein
Verirrt der Wandrer durch den hohen Flur,
Wo oben in der dunklen Wölbung Stein
Gestirne fliehn in magischer Figur.

April

Das erste Grün der Saat, von Regen feucht,
Zieht weit sich hin an niedrer Hügel Flucht.
Zwei große Krähen flattern aufgescheucht
Zu braunem Dorngebüsch in grüner Schlucht.

Wie auf der stillen See ein Wölkchen steht,
So ruhn die Berge hinten in dem Blau,
Auf die ein feiner Regen niedergeht,
Wie Silberschleier, dünn und zitternd grau.

Sonnwendtag

Es war am Sommersonnwendtag,
Dein braunes Haar im Nacken lag
Wie Gold und schwere Seiden.

Da nahmst du mir die feine Hand.
Und hinter dir stob auf der Sand
Des Feldwegs an den Weiden.

Von allen Bäumen floß der Glanz.
Dein Ritt war lauter Elfentanz
Hin über rote Heiden.

Und um mich duftete der Hag,
Wie nur am Sommersonnwendtag,
Ein Dank und Sichbescheiden.

Gegen Norden

Die braunen Segel blähen an den Trossen,
Die Kähne furchen silbergrau das Meer.
Der Borde schwarze Netze hangen schwer
Von Schuppenleibern und von roten Flossen.

Sie kehren heim zum Kai, wo raucht die Stadt
In trübem Dunst und naher Finsternis.
Der Häuser Lichter schwimmen ungewiß
Wie rote Flecken, breit, im dunklen Watt.

Fern ruht des Meeres Platte wie ein Stein
Im blauen Ost. Von Tages Stirne sinkt
Der Kranz des roten Laubes, da er trinkt,
Zur Flut gekniet, von ihrem weißen Schein.

Es zittert Goldgewölke in den Weiten
Vom Glanz der Bernsteinwaldung, die enttaucht
Verlorner Tiefe, wenn die Dämmerung raucht,
In die sich gelb die langen Äste breiten.

Versunkne Schiffer hängen in den Zweigen.
Ihr langes Haar schwimmt auf der See wie Tang.
Die Sterne, die dem Grün der Nacht entsteigen,
Beginnen frierend ihren Wandergang.

Der Tag

Palmyras Tempelstaub bläst auf der Wind,
Der durch die Hallen säuselt in der Zeit
Des leeren Mittags, wo die Sonne weit
Im Blauen rast. Der goldene Atem spinnt,

Der goldene Staub des Mittags sich wie Rauch
Im Glanz der Wüste, wie ein seidenes Zelt
Der ungeheuren Fläche. Dach der Welt.
Wie ferne Flöten tönt des Zephirs Hauch,

Und leise singt der Sand. Doch unverweilt
Jagt hoch das Licht. Damaskus' Rosenduft
Schlägt auf wie eine Woge in die Luft,
Wie eine Flamme, die den Äther teilt.

Der weißen Stiere roter Blutsaft schäumt
Auf Tempelhöfen, wo das Volk im Kranz
Des Blutes Regen fühlt, und seinen Glanz,
Der mit Rubinen ihre Togen säumt.

Ein Tänzer tanzt im blauen Mittagsrot
Auf weißer Platte, der vom Strahle trank. --
Das Licht entflieht. Der Libanon versank,
Der Zedern Haus, das sich dem Gotte bot.

Und westwärts eilt der Tag. Mit tiefem Gold
Ist weit des Westens Wölbung angefüllt:
Des Gottes Rundschild, der die Schultern hüllt
Des Flüchtigen. Sein blauer Helmbusch rollt

Darob im Sturme weit am Horizont,
Am Meer, und seiner Insel Perlenseil.
Er eilt dahin, wo schon der Ida steil
Mit Eichen tost und dröhnt der Hellespont.

Das Stromland fort, dem grünen Abend zu.
Wie der Drommete Ton erschallt sein Gang
An Ossas Echo. Troas Schilf entlang,
In rote Wälder tritt sein Purpurschuh,

In Sammetwiesen weich. Dem Feuer nach,
Das einst gen Argos flog, tritt machtvoll er
Auf Chalkis hin. Darunter rauscht das Meer
Hervor aus grüner Grotten Steingemach.

Sein Arm, den er auf Meer und Lande streckt,
Ragt dunkel auf wie eine Feuersbrunst.
Sein Atem füllt das Meer mit schwarzem Dunst,
Des weißes Maul die roten Sohlen leckt.

Auf Marathon schleppt seines Mantels Saum,
Ein violetter Streif, wo schon das Hörn
Der Muschel stimmt am Strand der Toten vorn
Der Sturmgott laut aus weißer Brandung Schaum.

Des Rohres rote Fahnen rührt der Wind
Von seines Fußes Fittich um am Strand
Der fernen Elis, da der Nacht Trabant,
Schildknappe Mond, den dunklen Pfad beginnt.

Schwarze Visionen

An eine imaginäre Geliebte

I

Du ruhst im Dunkel trauriger Askesen
In deinem weißen Tuch, ein Eremit,
Und deine Locken, die in Nacht verwesen,
Bedecken tief dein eingesunknes Lid.

Auf deinen Lippen gruben sich die Male
Der toten Küsse schon in Trichtern ein.
Die ersten Würmer tanzen und das fahle
Vom Grubenwasser bleiche Schläfenbein.

Wie Ärzte stechen lang sie die Pinzette
Der Rüssel, die im Fleische Wurzel schlägt,
Du jagst sie nicht von deinem Totenbette,
Du bist verflucht, zu leiden unbewegt.

Des schwarzen Himmels große Grabesglocke
Dreht trüb sich rund um deine Winterzeit.
Und es erstickt der Schneefall, dicke Flocke,
Was unten in den Gräbern weint und schreit.

II

Der großen Städte nächtliche Emporen
Stehn rings am Rand, wie gelbe Brände weit.
Und mit der Fackel scheucht aus ihren Toren
Der Tod die Toten in die Dunkelheit.

Sie fahren aus wie großer Rauch und schwirren
Mit leisen Klagen durch das Distelfeld.
Am Kreuzweg hocken sie zuhauf und irren
Den Heimatlosen gleich in schwarzer Welt.

Sie schaun zurück von einem kahlen Baume,
Auf den der Wind sie warf. Doch ihre Stadt
Ist zu für sie. Und in dem leeren Räume
Treibt Sturm sie um den Baum, wie Vögel matt.

Wo ist die Totenstadt? Sie wollen schlafen
Da tut sich auf im ernsten Abendrot
Die Unterwelt, der stillen Städte Hafen,
Wo schwarze Segel ziehen, Boot an Boot.

Und schwarze Fahnen wehn die langen Gassen
Der ausgestorbnen Städte, die verstummt
Im Fluch von weißen Himmeln und verlassen,
Wo ewig eine stumpfe Glocke brummt.

Die schwarzen Brücken werfen ungeheuer
Die Abendschatten auf den dunklen Strom.
Und riesiger Lagunen rotes Feuer
Verbrennt die Luft mit purpurnem Arom.

Kanäle alle, die die Stadt durchschwimmen,
Sind von den Lilienwäldern sanft umsäumt.
Am Bug der Kähne, wo die Lampen glimmen,
Stehn groß die Schiffer, und der Abend träumt

Wie zarte goldene Kronen um die Stirnen.
Der tiefen Augen dunkler Edelstein
Umschließt des hohen Himmels blasse Firnen,
Wo weidet schon der Mond im grünen Schein.

Die Toten schaun aus ihrem Winterbaume
Den Schläfern zu in ihrem sanften Reich.
Und das Verlangen faßt sie nach dem Saume
Des roten Himmels und dem Abend weich.

Da stürzt sie Hermes, der die Nacht erschüttert
Mit starkem Flug, ein bläulicher Komet,
Den Grund herab, der meilentief erzittert,
Da singend ihn der Toten Zug durchweht.

Sie nahn den Städten, da sie wohnen sollen,
Draus goldne Winde gehn im Abendflug.
Der Tore Amethyst im tiefen Stollen
Küßt ihrer Reiherschwingen langer Zug.

Die Silberstädte, die im Monde glühen,
Umarmen sie mit ihres Sommers Pracht,
Wo schon im Ost wie große Rosen blühen
Die Morgenröten in die Mitternacht.

III

Sie grüßen dich in deinem schwarzen Sarge
Und flattern über dich wie Frühlingswind.
Wie Nachtigallen rühren sie das karge,
Wachsbleiche Haupt mit ihren Klagen lind.

Mit Sammethänden wollen sie dich grüßen
Von meiner Qual. Und wie ein Weinblatt rot,
So taumeln ihre Küsse dir zu Füßen,
Und ziehn wie Tauben sanft um deinen Tod.

Sie schwingen über dir die Fackelbrände,
Die furchtbar wecken auf die schwarze Nacht.
Sie geben dir in deine weißen Hände
Tränen von Stein, die ich dir dargebracht.

Sie laden Düfte aus den Duft-Amphoren
Und überschütten dich mit Ambra ganz.
Dein schwarzes Haar steht auf, an Himmels Toren,
Wie eines Sterngewölkes dünner Glanz.

Sie werden große Pyramiden bauen,
Darauf sie türmen deinen schwarzen Schrein.
Dann wirst du in die wilde Sonne schauen,
Die in dein Blut stürzt wie ein dunkler Wein.

IV

Die Sonne, die mit Blumen sich beleuchtet,
Stößt wie ein Aar zu deinen Häupten weit,
Und ihrer Purpurlippen Traum befeuchtet
Mit Tränentau dein weißes Totenkleid.

Dann nimmst dein Herz du aus den weißen Brüsten
Und zeigst es rings dem stillen Heiligtum.
Und deine stolze Flamme rührt die Küsten
Des Himmels an, die werfen deinen Ruhm

Ins Meer der Toten aus wie starke Wellen.
Die großen Schiffe schwimmen um dich her,
Um deinen Turm, und ihre Lieder schwellen
Wie Abendwolken sanft vom großen Meer.

Und was ich dir in meinen Träumen sage,
Das schrein die Priester aus mit Tuba-Ton.
Der Meere dunkle Buchten füllt die Klage
Um dich wie Schilfrohr sanft und schwarzer Mohn.

V

Getrübt bescheint der Mond die stumme Fläche,
Wie ein Korund, der tief im Grunde glüht.
In deiner Locken dunkle Flammenbäche
Verliebt, verweilt er auf den Städten müd.

Dann kommen alle Toten aus den Grüften
Und ziehn um dich in langer Prozession.
Von rosa Glase flattern in den Lüften
Die Schatten, die von innern Flammen lohn.

VI

Du zogst voraus nach dem geheimen Reiche.
Ich folge dir dereinst, du Trauerbild,
Und halte ewig deine Hand, die bleiche,
Die meiner Küsse blasse Lilie füllt.

Dann überschwemmen lange Ewigkeiten
Der Himmel Mauern und das tote Land,
Die, große Schatten, in den Westen schreiten,
Wo ehern ruht der Horizonte Wand.

Die blinden Frauen

Die Blinden gehn mit ihren Wärterinnen,
Schwarze Kolosse, Moloche aus Ton,
Die Sklaven vorwärts ziehn. Und sie beginnen
Ein Blindenlied mit lang gezogenem Ton.

Sie ziehn wie Chöre auf mit starkem Schritte,
Im Eisenhimmel, der sie kalt umspannt.
Der Wind türmt auf der großen Schädel Mitte
Ihr graues Haar wie einen Aschenbrand.

Sie tasten sich an ihrem großen Stabe
Die lange Straße auf zu ihrem Kamm.
Auf ihrer ungeheuren Stirnen Grabe
Brennt eines dunklen Gottes Pentagramm.

Der Abend hängt wie eine Feuertonne
Am Horizont auf einem Pappelbaum.
Der Blinden Arme stechen in die Sonne
Wie Kreuze schwarz am frohen Himmelssaum.

Das infernalische Abendmahl

I

Ihr, denen ward das Blut vor Trauer bleich,
Ihr, die der Sturm der Qualen stets durchrast,
Ihr, deren Stirn der Lasten weites Reich,
Ihr, deren Auge Kummer schon verglast,

Ihr, denen auf der jungen Schläfe brennt
Wie Aussatz schon das große Totenmal,
Tretet heran, empfangt das Sakrament
Verfluchter Hostien in dem Haus der Qual.

Besteigt die Brücke auf dem schwarzen Fluß,
Darüber wallet der Verfluchten Schar.
Und dunkel grüßt euch groß der Portikus,
Durch den in Dämmrung glänzt der Hochaltar,

Den tausend Kerzen schmücken, die von Blut
Und Fett der Ungebornen sind gedreht.
Wo Knochen hängen, und der rote Sud
Teuflischen Weihrauchs euch entgegenweht.

Wo Priester in der höllischen Soutane
In Reihen knien, zu hellem Meßgeläut,
Wo von den Kanzeln Fahne über Fahne
Wie rote Höllenflamme euch bedräut.

Ein nackter Abt bläht vor dem Götterbild
Den feisten Bauch, da er die Messe singt.
Er greift den Kelch, mit rotem Blut gefüllt,
Den hoch er auf das Haupt der Menge schwingt.

»Trinket mein Blut.« Er trinkt den Becher leer,
Der in sein Herz wie rote Lava quillt.
Sein Gaumen leuchtet wie ein rotes Meer,
Der von dem Glanz des Götterblutes schwillt.

Auf euren Schläfen, wo der Horst der Qual,
Die schwarze Bastion der Hölle droht,
Springt eine Flamme auf, die spitz und schmal
Wie der Skorpione schwarze Zunge loht.

Nachtschwarze Wolken drängen in den Dom
Voll Sturm und Blitzen durch das große Tor.
Ein Wetter tost. Im schwarzen Regenstrom
Versinkt der Orgel Ton im fernen Chor.

Die Gräber springen auf. Der Toten Hand
Streckt weiß und kalt die Knochenfinger aus.
Sie winken euch aus ihrem dunklen Land.
Und ihr Geschrei erfüllt das Riesenhaus.

Die Fliesen brechen auf. Und Lethe braust
Tief unten über einen Wasserfall.
Der Abgrund schwindelt Meilen tief und saust
Voll ungeheurer Stürme weitem Hall.

Die Höllensöhne fahren ihn herab
Mit schwarzem Takelwerk durch den Typhon.
Sie schauen singend in das weite Grab
Vom Totenkopfe ihrer Schiffs-Galion.

II

Hoch wo das Dunkel seine Schatten türmt
Durch Ewigkeiten fern vom Grund der Qual,
Hoch oben, wo im Dom der Regen stürmt,
Erscheint des Gottes Haupt, wie Morgen fahl.

Die weiten Kirchen füllt der Sphären Traum
Voll Schweigen, das wie leise Harfen klingt,
Da, wie der Mond vom großen Himmelsraum,
Des Gottes weißes Haupt heruntersinkt.

Tretet heran. Sein Mund ist süß wie Frucht,
Sein Blut ist, wie der Wein, langsam und schwer.
Auf seiner Lippen dunkelroter Bucht
Wiegt blaue Glut von fernem Sommermeer.

Tretet heran. Wie Flaum von Faltern zart,
Wie eines jungen Sternes goldne Nacht,
Zittert sein Mund, in seinem goldnen Bart,
Wie Chrysolith in einem tiefen Schacht.

Tretet heran. Wie einer Schlange Haut
So kühl ist er, weich wie ein Purpurkleid,
Wie Abendrot so sanft, das übergraut
Brennender Liebe wildes Herzeleid.

Der Gram gefallner Engel ruht, ein Traum,
Auf seiner Stirn, der Qualen weißem Thron,
Wie Schläfer traurig, denen floh zum Saum
Des blassen Morgens ihre Vision.

Tiefer als tausend leere Himmel tief
Ist seine Schwermut, wie die Hölle schön,
Wo in den roten Abgrund sich verlief
Ein bleicher Sonnenstrahl aus Mittagshöhn.

Sein Leid ist wie ein Leuchter in der Nacht,
Schauet die Flamme, die sein Haupt umloht,
Und doppelhörnig in der düstren Pracht
Aus seinem Lockenwald ins Dunkel droht.

Sein Leid ist wie ein Teppich, drauf die Schrift
Der Kabbalisten brennt durch Dunkelheit,
Ein Eiland, dem vorbei ein Segler schifft,
Wenn in den Bergen fern das Einhorn schreit.

Sein Leib trägt eines Schattenwaldes Duft,
Wo großer Sümpfe Trauervögel ziehn,
Ein König, der durch seiner Ahnen Gruft
Nachdenklich geht in weißem Hermelin.

Tretet heran, entflammt von seinem Gram.
Trinkt seinen Atem, der so kühl wie Eis,
Der über tausend Paradiese kam,
Voll Duft, der jeden Kummer weiß.

Er lächelt, seht. Und eurer Seele Bild
Wird wie ein Weiher, der im Schilfe schweigt,
Wo leis des Hirtengottes Flöte schwillt,
Der durch die Lorbeerschlucht heruntersteigt.

Schlaft ein. Die Nacht, die schwarz im Dome hängt,
Verlöscht die Lampen an dem Hochaltar.
Der große Adler seines Schweigens senkt
Auf eure Stirn sein dunkles Schwingenpaar.

Schlaft, schlaft. Des Gottes dunkler Mund, er streift
Euch herbstlich kühl, wie kalter Gräber Wind,
Darauf des falschen Kusses Blume reift,
Wie Mehltau giftig, gelb wie Hyazinth.

Luna (I)

Den blutrot dort der Horizont gebiert,
Der aus der Hölle großen Schlünden steigt,
Sein Purpurhaupt mit Wolken schwarz verziert,
Wie um der Götter Stirn Akanthus schweigt,

Er setzt den großen goldnen Fuß voran
Und spannt die breite Brust wie ein Athlet,
Und wie ein Partherfürst zieht er bergan,
Der Schläfe goldenes Gelock umweht.

Hoch über Sardes und der schwarzen Nacht,
Auf Silbertürmen und der Zinnen Meer,
Wo mit Posaunen schon der Wächter wacht,
Der ruft vom Pontos bald den Morgen her.

Zu seinem Fuße schlummert Asia weit,
Ein blauer Schatten, unterm Ararat
Des Schneehaupt schimmert durch die Einsamkeit,
Bis wo Arabia in das weiche Bad

Der Meere mit den weißen Füßen steigt,
Und fern im Süden, wie ein großer Schwan,
Sein Haupt der Sirius auf die Wasser neigt
[Und singend schwimmt hinab den Ozean.]

Mit großen Brücken, blau wie blanker Stahl,
Mit Mauern weiß wie Marmor ruhet aus
Die große Ninive im schwarzen Tal,
Nur wenig Fackeln werfen noch hinaus

Ihr Licht, wie Speere weit, wo dunkel braust
Der Euphrat, der sein Haupt in Wüsten taucht.
Die Große ruht, um ihre Stirne saust
Ein Schwarm von Träumen, die vom Wein noch raucht.

Hoch auf der Kuppel, auf dem dunklen Strom
Belauscht allein der bösen Sterne Bahn
In weißem Faltenkleid ein Astronom,
Der neigt sein Szepter dem [Aldebaran],

Der mit dem Monde kämpft um weißern Glanz,
Wo ewig strahlt die Nacht, und ferne stehn
Am Wüstenrand, im blauen Lichte ganz
Einsame Brunnen, und im Winde wehn

Ölwälder fern um leere Tempel lind,
Ein See von Silber, und in schmaler Schlucht
Uralter Berge tief im Grunde rinnt
Ein Wasser sanft um dunkler Ulmen Bucht.

Der Frühling V

Er stirbt am Waldrand. Mit verhaltnem Laut
Klagt schon sein Schatten an des Hades Tor.
Der Kranz von Lattich, den sein Haupt verlor,
Fiel unter Disteln und das Schierlingskraut.

Den Pfeil im Hals, verschüttet er sein Blut,
Das schwarze Faunsblut in den grünen Grund
Der abendlichen Halde aus dem Mund
Drauf schon der Tod, ein schwarzer Falter, ruht.

Der Himmel Thrakiens glänzt im Abend grün,
Ein Silberleuchter seinem Sterbeschrei,
Auf fernen Bergen, wo die Eichen glühn.

Tief unter ihm verblaßt die weite Bai,
Darüber hoch die weißen Wolken ziehn,
Und fern ein Purpursegel schwimmt vorbei.

Die Somnambulen

Schon braust die Mitternacht. Mit langem Haar
In weiße Tücher feierlich gehüllt
Zieht schwankend auf der Somnambulen Schar,
Wie Rauch so weiß, der weit den Himmel füllt.

Aus allen Dächern steigen sie herauf,
Irrlichtern gleich auf einem schwarzen Sumpf.
Sie tanzen auf der Wetterfahnen Knauf,
Mit irren Lächelns fröhlichem Triumph.

Sie schlagen Zimbeln in der leichten Hand
Und irren singend in der grünen Luft.
Vor ihren Brüsten zittert ihr Gewand,
Die wild den Mond berauschen, süß, voll Duft.

Sie kitzeln ihn mit ihren zarten Händen
Und zwicken leicht ihn in das gelbe Ohr.
Sie wiegen sich in ihren magern Lenden
Im Tanzschritt hin, ein weißer Trauerchor.

Sie fliegen durch die Nacht wie Wolken leise
Hoch über spitzer Berge blauem Grat
Hinauf zu ihm auf ihrer leichten Reise
Zu einem Wiegenlied an Abgrunds Pfad.

Der Mond umfangt sie sanft mit Spinnenarm.
Ihr Haupt wird von dem Kusse weiß gemalt.
Sie ruhn an ihres Bräutigams Herzen warm,
Der tief durch ihre dünne Rippe strahlt.

Kará

Ein roter Donner. Und die Sonne tost,
Ein Purpurdrachen. Sein gezackter Schwanz
Peitscht hoch herauf der weiten Himmel Glanz,
Der Eichen Horizont, drin Flamme glost.

Der großen Babel weiße Marmorwand,
Und riesiger Pagoden goldnen Stein
Zerschmettert fast der ungeheure Schein,
Mit lauten Beilen eine Feuerhand.

Musik, Musik. Ein göttlicher Choral.
Das offne Maul der Sonne stimmt ihn an,
Das Echo dröhnt vom weiten Himmelssaal.

Und ruft hervor der dunklen Nacht Tyrann,
Den Mond, Tetrarchen, der im Wolkental
Schon seltsam lenkt das fahle Viergespann.

Hora Mortis

Gebannt in die Trauer der endlosen Horizonte,
Wo nur ein Baum sich wand unter Schmerz,
Sanken wir, Bergleuten gleich, in das Schweigen der
Grube
Unserer Qual. Und von Leere schwoll uns das Herz.

Trüb wie die Winde, im Schierling, bei Büschen und
Weiden
Haben wir unsere Hände im Dunkel gesenkt,
Und dann gingen wir lässig, und freuten uns unserer
Leiden,
Arme Spiegel, darin sich ein düsterer Abend fängt.

Nachtwandlern gleich, gejagt vom Entsetzen der
Träume,
Die seufzend sich stoßen im Dunkel mit bleicher Hand,
Also schwankten wir in des Herbstes verschwindende
Räume,
Der wie ein Riese sich hob in die Nacht und versank.

Aber im Wolkenland, im Finstern, sahn wir die Schat-
ten
Schwarzer Reiher und hörten den traurigen Flug,
Und wir schwanden dahin in Schwermut und bittrem
Ermatten,
Blutleere Seele, die Lethe durch Höhlen voll Kummer
trug.

Die Tauben II

Doch nachts im Schatten ihrer hohen Träume
Wie unter großer Eichen kühlem Dach
Klingt um sie laut das Dunkel hundertfach
Und Sterne fahren singend durch die Räume

Vom Hauche Gottes durch das All getrieben
Mit goldnen Federn in die Nacht gespreizt,
Kometen, die mit trübem Schrei zerstieben,
Der traurig ihre schlaffen Ohren beizt.

Sie horchen auf des Waldes Ruhe unten
Wie in den Wurzeln blau der Schlummer schwillt
Und auf der Erde schweres Atmen drunten,
Das langsam ihre großen Höhlen füllt.

Und wieder klingt's in ihren Frieden leise,
Wenn das verborgne Silber wachsend schwärt,
Und das Geräusch der Sonne auf der Reise,
Die unten über weite Meere fährt.

Auf einmal hören sie die Stürme wehen
Und laute Glocke läuten durch die Nacht.
Sie möchten gern dem Schall entgegengehen,
Erhört, entfesselt, in das Licht gebracht.

Doch plötzlich bricht es ab. Und nur ein Zittern
Ist rund im Raum, das sie im Ohre nagt,
[Wie tief in seinem Sarge] im Verwittern
Ein Toter weint und seine Trauer klagt.

Ein Lächeln kraut sie dann, daß sie noch leben,
Des Schlummers Sabber hängt sich an ihr Kinn
Und jemand kommt mit Fingern leicht, die schweben
Auf ihrem Rettichkopf wie Fliegen hin.

Die Stadt der Qual

Ἔρως ὃς ἐν χτήμασιν πίπτεις

Ich bin in Wüsten eine große Stadt
Hinter der Nacht und toten Meeren weit.
In meinen Gassen herrscht stets wilder Zank
Geraufter Barte. Ewig Dunkelheit

Hängt über mir wie eines Tieres Haut.
Ein roter Turm nur flackert in den Raum.
Ein Feuer braust und wirft den Schein von Blut
Wie einen Keil auf schwarzer Köpfe Schaum.

Der Geißeln Hyder bäumt in hoher Faust.
In jedem Dunkel werden Schwerter bloß.
Und auf den Toten finstrer Winkel hockt
Ein Volk von bleichen Narren, kettenlos.

Der Hunger warf Gerippe auf mich hin.
Der Brunnen Röhren waren alle leer;
Mit langen Zungen hingen sie darin,
Blutig und rauh. Doch kam kein Tropfen mehr.

Und gelbe Seuchen blies ich über mich.
Die Leichenzüge gingen auf mir her,
Ameisen gleich mit einem kleinen Sarg,
Und winzige Pfeiferleute bliesen quer.

Altäre wurden prächtig mir gebaut
Und sanken nachts in wildem Loderschein.
Im Dunkel war der Mord. Und lag das Blut
Rostfarbner Mantel auf der Treppen Stein.

Asche war auf der Völker Haupt gestreut,
Zerfetzt verflog ihr hären Kleid wie Rauch.
So saßen sie wie kleine Kinder nachts
In tauber Angst auf meinem großen Bauch.

Ich bin der Leib voll ausgehöhlter Qual.
In meinen Achseln rotes Feuer hängt.
Ich bäume mich, und schreie manchmal laut,
In schwarzer Himmel Grabe ausgerenkt.

Die Nacht III

Jetzt schlafen viele, wie in weißen Särgen,
Und in den Wänden sieht man Betten stehen,
Darin sich schaukelnd große Köpfe drehen.

Doch manche müssen einsam weit noch gehen
Um sich in dunkle Nächte zu verbergen
Wo schwer im Himmel sich die Wolken winden.

Sie hören oft ein großes Wagenrollen
Und schattenhafte Pferde schnell verschwinden
In Straßen fort und Mauern dunkelvollen.

Und manchmal sehen sie in hohen Stürmen
Den grauen Mond in Falten und verquollen
Und Nachtgevögel [singet in den Türmen.]

Im Irrsal suchen sie den Weg in Fernen
Und tasten mit den Händen rund, den blinden,
Und hinter ihnen kichern die Laternen,
Die schnell in trübe Nacht hinab entschwinden.

Doch in der Dächer Sturz und Häuser Engen,
In leerer Giebel ausgebrannten Sparren,
Sind viele Tote, die im Kühlen hängen
Und mit dem Fuß das Morgengrauen scharren.

Der Garten der Irren

Am roten Teiche stehen viele Schatten
Bei dünner Bäume schwächlichem Gesichte,
In Stille fort. Nur selten daß sich einer
Herunter zu dem trüben Wasser bücket.

Und manche gehn in den entleerten Hecken
In kühlen Gängen, die schon voller Lichte,
Und schleifen mit den Füßen in dem Laube,
Und sitzen wieder sanft in den Verstecken.

Der Strom ist weit hinab im blanken Scheine
Bei Erlen und den krumm gebornen Weiden
Und wer mit leichtem Kahn ihn überbrücket,
Er wird im Licht die gelben Blumen pflücken.

Allerseelen

Geht ein Tag ferne aus, kommt ein Abend.
Brennt ein Stern in der Höhe zur Nacht.
Wehet das Gras. Und die Wege alle
Werden in Dämmrung zusammengebracht.

Viele sind über die Steige gegangen.
Ihre Schatten sind ferne zu sehn,
Und sie tragen an schwankenden Stangen
Ihre Fackeln, die wandern und wehn.

Mauern sind viele, und Gräber, und wenige Bäume.
Manche Tore darin, wo der Lorbeer trauert.
Viele sitzen in Haufen über den Kreuzen,
Ihre Lichter behütend, wenn der Regen schauert.

Und ein Rot steckt im Walde, dürr wie ein Finger,
Wo der Abend hänget in wolkiger Zeit
Mit dem wenigen Licht. Und geringer
Rings ist das Nahe, und die Weite so weit.

Doch ewig ist der Wind, der nimmer schweiget
In dunklem Lande, herbstlich schon erbraunet,
Der dunkle Bilder viel vorüber zeiget
Und dunkle Worte flüchtig trübe raunet.

Die Tänzerin in der Gemme

Lange verschlossen, tief im runden Steine
Mit einem Trauerbaum und wenig Zweigen,
Noch dreht sie um den Hals den sanften Schleier
Und geht in leisem Tanz in stiller Feier.

Immer noch fort, wo schon die Götter starben
Über den Inseln, und draußen gezogen
Ist das Meer unter schläfrigen Wolken,
Unter den Ufern murrte die Woge.

Orpheus ging einst. Und sie sann seiner Schritte
Durch die Schluchten herunter zur stillen Ebene
Da sie lag im Schilf mit den wolligen Herden.
Aber ferne ging die Flöte des Gottes

Über der grünen Ruhe der toten Fluren,
Die so einsam sang ihre Traurigkeit,
Grauen Gewölben, über den Weiden weit,
Wo die Tiere lagen mit tiefem Hörne.

Der Nebelstädte winzige Wintersonne ...

Der Nebelstädte
Winzige Wintersonne
Leuchtet mir mitten ins gläserne Herz.
Das ist voll vertrockneter Blumen
Gleich einem gestorbenen Garten.

[Alles, was ehe war,
Ist hinter den Mauern des Schlafes
Schon zur Ruhe gebracht.
Viele Winde der sausenden Straßen
Haben inzwischen auf frierenden Köpfen
Ein Wind-Spiel gemacht.]

Wohl war in Dämmerung noch
Blutiger Wolken Kampf
Und der sterbenden Städte
Schultern zuckten im Krampf.
Wir aber gingen von dannen
Zerrissen uns mit einem Mal,
Dumpf scholl ein Zungen-Gestreite
In Finsternis -- Unrat -- siebenfarbiger Qual.

Doch niemand rühret das starre
Gestern noch mit der Hand
Da der rostige Mond
Kollerte unter den [Rand]
Zu wolkiger Wolken Geknarre.

Die Vögel

Wie trübe Morgen langsamer Tage
Über den Seen und Sümpfen voll Klage
Über dem schillernden Schilf ruht die Nacht
Regen (unl. Wort). In den Bäumen erwacht

Ein Geschrei. Und huschen die Hunde
Rund um die Mauern mit heiserem Munde.
Aber die Türme steigen von Bergen, bleichen,
Hockend stumm um die verschrumpften Teiche.

Eine Fackel brennt auf. Und die Vögel der Öden
Hoch herauf zu Himmels-Böden
Schwer flattern von den kahlen Horsten
Riesiger Bäume mit großen Schwingen zerborsten,

Langsam mit ihren gewaltigen Händen
Fassend die Nacht an den dunkelnden Enden
Drohend wie Schatten und böse Gedanken,
Die in brechenden Wolken schwanken.

Plötzlich stürmet vorbei an dem Mond ein Geschwirre.
Und er schreit wie ein Kind vor der Federn Geklirre.
Schlagend den Flügel, nisten sie über ihm,
Und krähen ein Lied aus den Schnäbeln so grün.

Die Meerstädte

Mit den segelnden Schiffen fuhren wir quer herein
In die Städte voll Nacht und frierender Häfen Schein.
Tausend Treppen leere hingen zum Meere breit,
Dunkel die Schiffer schwangen den Feuerscheit.

[Die Gärten der Meere mit silbernen Straßen gefüllt
Dehnten sich (unl. Wort) unter der Sterne Bild
Und die riesigen Fische gingen im goldenen Kleid
Mit blitzenden Speeren über die Wasser weit.]

Glocken nicht brummten. Und Bettler nicht saßen am
Pfad.
Rief kein Horn, und niemand den Weg uns vertrat.
Und die Städte alle waren wie Wände bloß.
Sterne nur gingen über den Zinnen sehr groß.

Seebäume saßen geborsten im Mauergestrüpp.
Salzig, und weite [Türme] vor unserem Fuß.
Brücken zerbrochen standen wie Knochengerüpp,
Ferne Feuer warfen sich über den Fluß.

Die Höfe luden uns ein...

Die Höfe luden uns ein, mit den Armen schmächtig,
Faßten unserer Seelchen zipfeliges Kleid.
Und wir entglitten durch Tore nächtig
In toter Gärten verwunschene Zeit.

Von Regenrohren fiel Wasser bleiern,
Ewig, Wolken flogen so trübe.
Und über der Starre der frostigen Weiher
Rosen hingen in Dürre vom Triebe.

Und wir gingen auf herbstlichen Pfaden, geringern,
Gläserne Kugeln zerrissen unser Gesicht,
Jemand hielt sie uns vor auf den spitzigen Fingern.
Unsere Qualen machten uns Feuer-licht.

Und wir schwanden so schwach in die gläsernen Räu-
me.
Riefen voll Wehmut, da dünne das Glas zerbrach.
Wir sitzen nun ewig, in weißlichen Wolken, zu träu-
men
Spärlichem Fluge der Falter im Abendrot nach.

Die Schlösser

Alt von Blute, und manches im toten Munde
Kauen sie Dunkel. -- Wo große Schwerter geblitzt.
Trübe Gelage zur Nacht in der Könige Runde --
Draußen die Sonne die späten Pfeile noch spritzt.

Wir auch gingen herum. Und kamen durch Stiegen und
Gänge.
Mancher Vorhang tat sich auf und fiel zu.
Viele Schatten auf bleichen Dielen in Länge
Kamen um unseren Fuß wie Hunde in Ruh.

Über den Höfen, den dunklen voll Trauer, begannen
Windfahnen oben das knarrende Abendlied.
Und hoch in dem Licht der Götter große Gespanne
Schnelle rollten dahin in den festlichen Süd.

Verstreute Gedichte aus dem Nachlaß

Die Stadt in den Wolken

Die Wolken lagen gleich getürmten Quadern
An hoher Wolkenfeste felsger Pforte,
Und brannte gleich des Marmors bunten Adern
Rotgoldner Spalten eine breite Borte

Hoch um das Tor. Und steile Türme hoben
Sich durch die hellen Lüfte in den weiten
Dämmernden Raum. Es schien, aus Gold gewoben
Ein Flammenmeer um ihren Fuß zu gleiten.

Und prachtvoll rauschte in gewaltgem Strome
Das Meer des Lichts, in lauter Glanz zu spinnen
Die hellen Kuppeln und die blauen Dome,
Ragender Tempel und Paläste Zinnen.

Doch stumm war alle Pracht. Und nicht die Laute
Des frohen Volkes schollen von den Gassen
Und von des Markts Gewühl. Ein Schweigen braute
Unheimlich, starr, als hätt das Volk verlassen

Schon lang die Stadt. Und lange schon vergaßen
Die Menschen ihren Namen. Gräbermale
Nur längst Gestorbner flammten ihre Straßen
Im Abendrot und spätem Sonnenstrahle.

Da wogten um sie hurtig dunkle Schatten
Und leckten an dem Glanz, daß bald ertrunken
War alles Licht auf breiten Marmorplatten,
Und schnelle war die hohe Stadt versunken.

Morituri

Selbstmörder gehen, wenn sie sterben wollen,
Nicht weit von Straßen ab und vollen Wegen,
Daß nicht zu fern des Lebens Wogen rollen,
Wenn sie zum Tod bereit sich niederlegen.

Sie springen wohl von Brücken in die Flüsse,
Aus Menschenschwarme in das Land der Toten.
Im Stadtlärm hörst du öfter ihre Schüsse,
Als wo dir Einsamkeit und Stille drohten.

Denn ist im Grame auch der Geist erfroren,
Und starr geworden in den Finsternissen,
Er wünschet dennoch an des Todes Toren,
Daß er zurück ins Leben werd gerissen.

So wissen sie den dunklen Wald zu meiden,
Wo ihre Tränen nur auf Steine fallen,
Und wo der Seele ungehörte Leiden
Im Echo als Gelächter widerhallen.

Ich verfluche dich, Gott ...

Ich verfluche dich, Gott; alter Narr in dem Flitterstand.
Blutig Gespenst. Einsamer Nachtwandrer, du.
Du eilst durch die Himmel ohne Rast, ohne Ruh.
Nach neuer Pein stets zermarterst du deinen Verstand.

Und bin ich auch wie ein chinesischer Delinquent
Bis in den Hals vergraben und habe die Hände nicht
frei,
Wenn die Leiden wie Ratten mich beißen, du hörst keinen Schrei,
Du sollst keine Träne sehn, die über die Wange mir
rennt.

Ich bin doch besser daran, als du, alter Tyrann.
Ich kann sterben. Ich geh in der Schatten Tal
Im Triumph. Ich schlafe bei Lethe. Du, armseliger
Mann
Bist ewig. Und ewig währt deine grause Qual.

Wie Augen schauen, die das Licht nicht finden ...

Wie Augen schauen, die das Licht nicht finden
-- Mit weißer Starhaut ist ihr Glanz bezogen
So schaut der Mond, um den die Nebel wogen,
Ein großes, weißes Auge eines Blinden.

Bist du der Gottheit Auge, trüber Brand,
Das blind geworden ist vom vielen Weinen?
Von Tränenfluten in den Reuepeinen,
Daß diese Welt entrollte deiner Hand?

Ja, ich versteh. Du magst mit Fug bereuen.
Zwar siehst du kaum noch, wie vor Leid sie schwillt,
Ein Dudelsack. Doch wenn ihr Schrein entquillt,
Du mußt es hören, wie du magst dich scheuen.

Siehst du die tausend Schiffe noch, Gevatter,
Die durch die Wolken ziehen in Paraden?
Zum Sinken voll ein jedes Schiff geladen,
Der Wimpel, großen Segel schwarz Geflatter?

Siehst du den Herrn mit seiner Phrygiermütze,
Am Heck des Flaggschiffs auf dem schwarzen Throne?
Er grüßt dich spöttisch, alte Himmels-Drohne,
Du rührst dich nicht von deinem Ofensitze.

Ich schaue, wie voll Wahnwitz ein Chiliast,
Durch dunkle Nacht herauf zu deinem Stuhle,
Wirst du den Tod hinschmettern zu dem Pfuhle,
Mit Blitzen bannen deiner Himmel Gast?

Wirst du befrein die Sklaven von der Kette,
Darin der Tod sie schlug in Schiffes Bauch?
Und wird dein Lebensodem wie der Hauch
Des Frühlings wehn durch ihrer Seufzer Stätte?

Wirst du jetzt sprechen: »Nun genug der Leiden.
Auf, auf, ihr Toten von den Bänken allen.
Zu eurer Seemannslieder frohem Schallen
Treibt ein zum Port der grünen Himmelsweiden.«

Du hüllst dich mehr nur in die Reuequalen.
Du rührst dich nicht. Ich seh voraus den Schein
Der dunklen Stadt aus roten Fensterreihn
Gleich ungeheuren Todes-Arsenalen.

Der Weststurm

Am Himmelsdache zieht sich das Gereit.
Die schwarzen Mäntel schleppen durch die Felder,
Und Schatten fliegen über dunkle Wälder.
Die Flüsse stehn in blei'rner Dunkelheit.

Weißbärtge Krieger, auf das Roß gebückt
Dem Feldherrn nach, der schwarz den Degen schwingt,
Und riesgen Satzes über Städte springt,
Die in den Grund der gelbe Rauchqualm drückt.

Widmung

Der du, ein Sturm, mich durchwanderst Tag und
Nacht,
Der du in meines Blutes dunkelen Gängen wohnst
Der es brausen macht.

Der dunkel und rätselvoll,
Tief in mir thront.
Ungerührter, der mich zu schauen heißt
Wie nie ein andrer geschaut
Des Sommers Fluren, den Wald
Und die Städte,
Wenn dunkel der Abend graut.
Der du mich durch die Straßen reißt.

Der mein Herz zittern macht. Du.
Wie oft stand ich maßlosen Taumels voll
Wenn dein Fittich rauschte mir zu
Den Ton, den keiner vernahm.
Der du in meinem Herzen wohnst.
Wie lange noch?
Bis du ausfährst eines Tags,
Wie ein dunkeler Rauch,
Und mich verläßt,
Wie die bekränzte Tafel
Nach einem Totenfest.

Der Tag liegt schon auf seinem Totenbette ...

Der Tag liegt schon auf seinem Totenbette,
Auf goldnem Teppich und der sanften Glätte
Des Purpurvlieses. Doch er reißt die Binden
Von seiner Wunde königlich. Da schwinden
Die blauen Venen. Und das rote Blut
Fließt, fließt und fließt, und füllt mit tiefer Glut
Des Westens Himmel weit, und scharlachrot
Die weiten Wälder, die des Titans Tod
Bejammern laut. Die Ströme stehen alle
Gebannt vom Grauen vor des Königs Falle,
Geronnen weiß. Muß er herunter schon
Zum ewgen Schatten? Dessen hoher Thron
Am Mittag stand im Licht, der Göttersohn,
Des ungeheurer Glanz das All gefüllt,
Die marmorweißen Tempel. Blauer Glanz
Auf allen Höfen. Da im Lichte ganz
Die breiten Treppen schwammen, und der Schein
Der weißen Delhi. Wo ein weißer Stein
Und andre Sonne brannte India.
Er warf sein Glutmeer weit, so furchtbar nah
Wie eine Hand. Und eine Wolke stand
Vor Hitze taumelnd, in dem leeren Land.
Die Wüsten brannten unermeßlich breit,
Da er die Rosse der Quadriga weit
Und hoch im Blauen führte schon gen West.
Bleich wird die Schläfe, die der Schweiß schon näßt.
Die Hand sucht irr herum. Die ewige Nacht
Kriecht unter seine Lider schon. Die Macht
Des Sterbens fällt ihn an. Die Sterne stehn
Am Himmel zitternd, die schon frühe gehn
Vom Meer im Monde Pyanepsion.
Der Tod tritt auf. Er löscht die Fackel stumm
Und dreht den roten Stumpf im Dunkel um.

Die Fläche

Wo sich der kahlen Ebene kahler Rand
Verliert in blasser Himmel Einerlei,
Brennen drei Wolken wie in einer Hand,
Die vor sich trägt der Totenfackeln drei.

Ein Wagen schleppt sich durch die Wüstenei
Langsam, wie ein langsamer Fiebertraum.
Und durch die leere Weite zieht der Schrei
Einsamer Sperber in dem trüben Raum.

Die Wanderer

Endloser Zug, wie eine schwarze Mauer,
Die durch die Himmel läuft, durch Wüstenei
Der winterlichen Städte in der Trauer
Verschneiter Himmel, und dem Einerlei

Der Riesenflächen, die sich fern verlieren
In endlos weißes Weiß am fernen Saum.
Die Stürme wehn, die wie durch Kammern führen
Sie weit von Himmelsraum zu Himmelsraum.

[Die Länder sind verödet, leer von Stimmen,
Vom Winter wie mit weißem Moos vereist.
Die Raben, die in grauen Höhen schwimmen,
Ziehn auf dem Zug, der endlos weiterreist.

Wie eine ungeheure schwarze Schlange
Ist durch die leeren Himmel er gespannt.
Er wälzt sich fort, wo fern im Untergange
Die rote Sonne dampft in trübem Brand.]

Die Meilensteine fliegen auf den Wegen
Den Wandrern zu, vorbei ins Himmelsgrau,
Die wie Maschinen schnell sich fortbewegen,
Wie um die Winden läuft ein schwarzes Tau.

Das weiße Haar umtost von Winterwinden,
Ziehn sie hinab und ziehn. Der krumme Stumpf
Der Weiden, die von Lasten Schnees erblinden,
Begleitet sie mit bitterem Triumph.

Der Abend steht am Rand, die schwarze Fahne
Trägt seine Faust. Er senkt sie vor dem Zug,
Die Wandrer ziehn hinab zum Ozeane
Der Nacht, zu dunkler Himmel bösem Flug.

Durch Gräber, Höhlen, zu den Riesentalen,
Wo weiß von Mitternacht die Meere gehn,
Und wie ein Stein ruht schwarz das Haupt der Qualen,
Die schnell wie Wolkenschatten drüberwehn.

Verfluchung der Städte I

Die weißen Tore, die ein schwarzes Zeichen,
Ein Totenkopf mit seinem Siegel schmückt,
Sie rollen lautlos auf. Und ihre Sparren bleichen
Vor morgenblassen Städten, die bedrückt

Ein ewges Wolkenmeer, voll Dunst gepreßt,
Voll Regen, Qualm und Schwüle, fett, ein Schlauch,
Voll Unrat, und der Blitze rotes Nest
Glüht ohne Donner in dem trüben Rauch.

Und riesenhaft in ihrer weißen Schwäche
Wie Frauen feist, so dehnt der Städte Brust
Voll weißer Flecken endlos ihre Fläche
In ferne Himmel, die ihr Atem rußt.

Wie mitternächtge Bühnen, schwarz zerrissen
Vom Mondenstrahl, der durch die Wolken bricht,
So weichen ihre eisernen Kulissen
Endlos hinaus, getaucht in fahles Licht.

Durch einer Straße blasse Morgenröte
Tanzt hin ein Weib, das schon der Tod verwest.
Ein Zwerg hinkt vorn, der eine wilde Flöte
Aus seinem weißen Affenbarte bläst.

Und hinter ihr schwankt eine lange Kette,
Ein Haufe Volk, den grauses Schweigen drückt,
Indes des Zwerges helle Klarinette
Ihr Blut mit wilder Flamme toll berückt.

Am Strom hinab, durch traurige Paläste,
Durch Höhlen, wo die Ketten rasseln laut,
Durch schwarzer Gassen düstere Moräste,
Wo ewig eine dunkle Dämmrung graut,

Vom goldnen Strom der Wollust überschwemmt,
Beißen die Kinder in die Mutterbrust.
Das Greisenvolk, das seinen Phallus stemmt
In Jungfraunhintern, wirbelt voller Lust

Wie Schmetterlinge, die die Flügel tragen
Auf Rosen süß. Es fließt der Schöße Blut.
Und alter Lesbierinnen Lefzen schlagen
Wie rote Karpfenrachen toll in Wut.

Zum Takte ihrer Herzen und der Kerker,
Den Schatten gleich, die Hermes' Ruf betört,
So zittern sie, wenn ihre Flöte stärker
Der schlaffen Adern Schwäche wild empört.

An fahlen Himmeln, die ihr Laster rötet,
Ziehn sie, ein tolles Schattenspiel, vorbei.
Die Flöte singt. Und ihre Trauer tötet
Die Geier in der Luft mit ihrem Schrei.

Begräbnis

In seiner Bretter schwarzem Winterhimmel
Er lag gestreckt auf seinem harten Holz.
Auf seiner Stirne blühte Totenschimmel,
Wie weiße Rose, die schon schwand und schmolz.

Die Füße stemmten sich an dem Verschlage.
Er ruhte aus, wie unter Korn und Baum
Mädchen in Weiß verruhn die Sommertage
In blau geblümter Himmel hohem Raum.

So fuhr er mächtig in der Staatskarosse
In vier gewundnen Säulen aufgebahrt
Und hinter ihm einher im Königs-Trosse
Der schwarzverhängten Wagen lange Fahrt.

Durch Gassen, Felder, seine Kaiserreiche
Und alles zog vor seiner Pracht den Hut,
Hoch oben sahen ihrer Schädel Bleiche
Frohlockend in des Toten Übermut.

Der Herbst warf Blätter aus wie große Tränen.
Und da der Sturm die hohen Birken bog,
Wälzte er sich in seinen weißen Spänen,
Laut schnalzend wie ein Tier in seinem Trog.

Zum fahlen Hades, wo die Wolken steigen
Wie Türme in den leeren Himmeln stehn,
Wenn einst er zieht in jener Berge Schweigen,
Er wird der letzten Rätsel Ferne sehn,

Dort unten wird er sein. Wenn über Grabes Stufen,
Mit seinem Sarg er stürzt durch Schlucht und Stein,
Von den Dämonen furchtbar angerufen,
Er aufwacht in der Meere Wüstenein

Bei großen Vögeln, die ihn südwärts tragen
Durch Regenwinde jenseit Eis und Pol.
Hoch über Schiffe, deren Segel schlagen
Auf einem Feuermeer im Sturme hohl.

Den Μέγας dann zu schaun, den Fürst der Höllen,
Des kahle Stirn in schwarze Wolken klimmt,
Den roten Rachen, den mit Riesenwellen
Der Ozean voll Glut hinunterschwimmt.

Die Hölle I

Und Finsternis bedeckt die weiten Räume,
Als hätte sich der Satan aufgerichtet
Und würfe seinen Schatten durch das All.

Divus Grabbe, Herzog Theodor von Gothland

Ich dachte viel der Schrecken zu erfahren,
Als ich an ihren hohen Toren stand,
Abgründe rot und Meere voller Brand
Hinter den großen Riegeln zu gewahren,

Und sah ein Land voll ausgespannter Öde,
Und Monde bleich, wie ein paar starre Tränen.
Man gab mir keinen Gruß zurück. Nur blöde
Sahn mich die Schatten an mit lautem Gähnen.

Die Unterwelt, sie gleicht zu sehr der Erde:
Im Schlamm des Hades lag ein Krokodil.
Man warf auch hier nach seinem Kopf zum Spiel,
Vielleicht mit etwas müderer Gebärde.

Wanderer gingen in den Sonntagsröcken,
Sie sprachen von den Sorgen dieser Wochen
Und freuten sich, wenn junge Falten krochen
Aus ihrer Freunde Stirn wie Dornenhecken.

Laternen wurden durch die Nacht geschwungen,
Und einen Toten trug man uns vorbei.
Er war im ewig grauen Einerlei
Vor Langeweile wie ein Pilz zersprungen.

Totenwache

War es nur wie ein Schatten,
Der über die Felder schwand
Unter wolkigem Tage
Zu toten Wäldern am Rand,

Kurz, wie ein halbes Erwachen,
Oder ein herbstlicher Wind,
Wie ein Stern im zitternden Abend
Ehe die Nacht beginnt,

Wie ein Wort, im Dunkel verloren
Ehe das Herz es begreift,
Wie ein Traum über einsamer Seele
Klingenden Gründen verschweift.

Gingest du fort? Kommst du nicht wieder?
Was ist dein Auge so leer.
Bist du schon weit von dannen
Und hörst mich nicht mehr?

Sieh's, meine Hände. Sie bangen
So nach deinen. Doch du bist kalt
Und deine Finger sind grausam
In ewiger Starre gekrallt.

Die Dämonen

Über der Landstraßen
Feurigen Kronen,
Wo der Herbst viele Herde
Von Feuer gesteckt.
Gelb, rot und gold,
Sitzen sie, in den Zweigen zu wohnen,

Im Laube versteckt
Und ihr Mantel rollt
Mit Königsgebärde
[Hoch von den Thronen.]

Wer unten geht,
Dem wird es kalt
Und seltsam erscheint ihm das Licht,
Und plötzlich sieht
Er im Baume oben
Eine Gestalt
Und ein Geiergesicht.

[Riesige Schnäbel
Und flatternde Flügel
Und furchtbare Klauen,
Die aus berstenden Stämmen schauen,
Und von dannen er rennt
Quer über Feld
Bis am Rand wie ein Stein
Er zusammenfällt.]

Andere treiben
Mit goldenen Haaren
Wie Tänzer rot
Und weiß in Kleidern
Oben im Winde
Hoch oben im Blauen
Wie himmlische Vögel,

Das Weite zu schauen
Und Regen der Sterne,
Wie der Atem des Vaters
In unendliche Ferne.

Sie sind,
Die über die Landschaft ziehn
In Wolkennacht
Und Sommerwind,
Die Schlummer verleihen
Den Schläfern im Feld
Und Träume entzünden,
Eh sie wie Irrwische grün
Im Winde verschwinden.

Manche aber
Sind im Wasser,
Wie große, dunkle Pflanzen,
In stillen Weihern
Von runden Weiden umbuscht,
Und manchmal, wenn Regen
Über die Fläche huscht,
Steigen sie auf
Mit weißem Haupt,
Das Wasser zu trinken,
Bis an die bleiche Fläche,
Mit bärtigem Mund,
Und sinken
Wieder herunter
Zum schlüpfrigen Grund.

Aber durch die Nacht
Finsterer Hauser,
Die Fürchten dicht
Gegeneinandergedrückt,
Gehen die Schwarzen
Groß wie Höhlen
Und leer und rund
Ohne Gesicht

Durch dunkle Wände
Den Fuß zu setzen
Durch sterbende Zimmer.
Der Schlafenden Hände
Strecken sich aus
Vor Entsetzen.

Hinter den Mauern
Des dumpfen Schlafes
Tragen sie einen
Toten vorbei
Mit großer Musik
Und Trauer
Herunter zu Grabe
Und sein weißes Haupt
Schaut hoch aus der Bahre,
Die triefenden Haare
Mit Asche bestaubt
Hängen darüber
In großen Raufen.
Und Kerzen tragen
Sie neben dem Toten
In Klagehaufen.
Wehe. Wehe.

Mitte des Winters

Das Jahr geht zornig aus. Und kleine Tage
Sind viel verstreut wie Hütten in den Winter.
Und Nächte, ohne Leuchte, ohne Stunden,
Und grauer Morgen ungewisse Bilder.

Sommerzeit. Herbstzeit, alles geht vorüber
Und brauner [Tod] hat jede Frucht ergriffen.
Und andre kalte Stauden sind im Dunkel
Die wir nicht sahen von dem Dach der Schiffe.

Weglos ist jedes Leben. Und verworren
Ein jeder Pfad. Und keiner weiß das Ende,
Und wer da suchet, daß er Einen fände,
Der sieht ihn stumm, und schüttelnd leere Hände.

Eine Stadt hing dunkel ...

Eine Stadt hing dunkel, entlang einem Himmel voll
Winden,
Der sich schwarz und regnend gewischt
Vor dürftigem Mond. Und die Bäume unten
Machten ein furchtsames Wind-Gezisch.

Alle Straßen krochen vor uns in die Ferne.
Alle Tiere flohen oben im Raum.
Und dunkel herunter die traurigen Sterne
Fielen weit am dunklen Saum.

Jemand schluchzte. Jemand ging und zerstieß
Seine Hand an den Bäumen der wehenden Nacht.
Jemand betete fern. Und ein anderer sprach
Seine bitteren Reden gegen den hohlen Wind.

An den Gräbern gingen wir fort, wo die Toten saßen
Stumm auf den Hügeln mit Kronen und weißem Kleid.
Niemand sprach noch ein Wort. Ihre Zähne nur fraßen
Von unseren Händen das bröckelnde Fleisch.

Selber wir waren nun Tote und blasse Gerippe.
Zogen hinan, in dem Sturm und Regen genarrt.
Plötzliche Schläge mit Stahl und der grausamen Hippe,
Heißes Gelächter [netzete unseren] Bart.

Von toten Städten ist das Land bedecket ...

Von toten Städten ist das Land bedecket,
Wie Kränze hängt der Efeu von den Zinnen.
Und manchmal eine Glocke rufet innen.
Und trüber Fluß rundum die Mauer lecket.

Im halben Licht, das aus den Wolken schweifet,
Im Abend gehn die traurigen Geleite
Auf Wegen kahl, in schwarzen Flor geschlagen,
Die Blumen trocken in den Händen tragen.

Sie stehen draußen in verlorner Weite,
Ein Haufe schüchtern bei den großen Grüften.
Noch einmal weht die Sonne aus den Lüften,
Und malt wie Feuer rot die Angesichter.

Die Abgeschiedenen

Aber in ihren unteren Städten
Tief verborgen und lebensfern --
Draußen sein Schlägel nur rührt manchmal fern
Unter den Wolken hängenden Himmeln.

So sitzen sie hin die fallenden Stunden
Wie Schneider krumm mit dem langen Gebein
Andere gehen wie Seiler an Stricke gebunden
Ihre Gedanken rückwärts in einsamen Stuben.

Horchend hinaus, ob nicht etwas geschähe
Irgendwann über dem Rande der Mauer.
Aber die Bäume nur starren. Und groß darüber
Ein Mond, der die Zähne blähet.

Ihre Angst sticht sie sehr. Wo Mauern hängen
Riesiger Schatten über ihnen bauscht.
Große Gestalten mit faltigen Kleidern rauschen
Mit riesigen Flügeln, die steil aus den Schultern drän-
gen.

Geschoren und gekrümmt *(unl. Wort)*, durch die hal-
lenden Zimmer
Blicken sie alt, schwach. Ihre wabernden Barte ver-
stummen.
Totenvögel nisten auf grasigen Höfen.
Sie quälen sehr ihre Kinnbacken krumme.

Über tredition

Eigenes Buch veröffentlichen

tredition wurde 2006 in Hamburg gegründet und hat seither mehrere tausend Buchtitel veröffentlicht. Autoren veröffentlichen in wenigen leichten Schritten gedruckte Bücher, e-Books und audio-Books. tredition hat das Ziel, die beste und fairste Veröffentlichungsmöglichkeit für Autoren zu bieten.

tredition wurde mit der Erkenntnis gegründet, dass nur etwa jedes 200. bei Verlagen eingereichte Manuskript veröffentlicht wird. Dabei hat jedes Buch seinen Markt, also seine Leser. tredition sorgt dafür, dass für jedes Buch die Leserschaft auch erreicht wird.

Im einzigartigen Literatur-Netzwerk von tredition bieten zahlreiche Literatur-Partner (das sind Lektoren, Übersetzer, Hörbuchsprecher und Illustratoren) ihre Dienstleistung an, um Manuskripte zu verbessern oder die Vielfalt zu erhöhen. Autoren vereinbaren direkt mit den Literatur-Partnern die Konditionen ihrer Zusammenarbeit und partizipieren gemeinsam am Erfolg des Buches.

Das gesamte Verlagsprogramm von tredition ist bei allen stationären Buchhandlungen und Online-Buchhändlern wie z. B. Amazon erhältlich. e-Books stehen bei den führenden Online-Portalen (z. B. iBookstore von Apple oder Kindle von Amazon) zum Verkauf.

Einfach leicht ein Buch veröffentlichen: **www.tredition.de**

Eigene Buchreihe oder eigenen Verlag gründen

Seit 2009 bietet tredition sein Verlagskonzept auch als sogenanntes "White-Label" an. Das bedeutet, dass andere Unternehmen, Institutionen und Personen risikofrei und unkompliziert selbst zum Herausgeber von Büchern und Buchreihen unter eigener Marke werden können. tredition übernimmt dabei das komplette Herstellungs- und Distributionsrisiko.

Zahlreiche Zeitschriften-, Zeitungs- und Buchverlage, Universitäten, Forschungseinrichtungen u.v.m. nutzen diese Dienstleistung von tredition, um unter eigener Marke ohne Risiko Bücher zu verlegen.

Alle Informationen im Internet: **www.tredition.de/fuer-verlage**

tredition wurde mit mehreren Innovationspreisen ausgezeichnet, u. a. mit dem Webfuture Award und dem Innovationspreis der Buch Digitale.

tredition ist Mitglied im Börsenverein des Deutschen Buchhandels.

Dieses Werk elektronisch lesen

Dieses Werk ist Teil der Gutenberg-DE Edition DVD. Diese enthält das komplette Archiv des Projekt Gutenberg-DE. Die DVD ist im Internet erhältlich auf **http://gutenbergshop.abc.de**

FSC
www.fsc.org
MIX
Papier | Fördert
gute Waldnutzung
FSC® C083411

Zeitfracht Medien GmbH
Ferdinand-Jühlke-Straße 7
99095 Erfurt, Deutschland
produktsicherheit@kolibri360.de